诗 集

忧郁的青春

严春友 著

中国社会科学出版社

图书在版编目（CIP）数据

忧郁的青春/严春友著．—北京：中国社会科学出版社，2016.8
ISBN 978 - 7 - 5161 - 8068 - 6

Ⅰ.①忧…　Ⅱ.①严…　Ⅲ.①诗集—中国—当代　Ⅳ.①I227

中国版本图书馆 CIP 数据核字（2016）第 084496 号

出 版 人	赵剑英
责任编辑	顾世宝
责任校对	张　慧
责任印制	戴　宽

出　　版	中国社会科学出版社
社　　址	北京鼓楼西大街甲 158 号
邮　　编	100720
网　　址	http://www.csspw.cn
发 行 部	010 - 84083685
门 市 部	010 - 84029450
经　　销	新华书店及其他书店

印　　刷	北京金瀑印刷有限责任公司
装　　订	廊坊市广阳区广增装订厂
版　　次	2016 年 8 月第 1 版
印　　次	2016 年 8 月第 1 次印刷

开　　本	710 × 1000　1/16
印　　张	12.75
插　　页	2
字　　数	120 千字
定　　价	48.00 元

世间遭受毒害的树上，能产生比生命的甘泉更甜蜜的两只果子：一是诗歌，二是友谊。

——古代婆罗门高僧

目　录

初　夏

夏之花

无花的春天

夏夜蝉鸣

柳笛短歌

尾 诗

序　言

　　这些诗歌，最早的写于 1974 年，最晚的写于 2011 年，跨度近 40 年，是到目前为止我所写的主要诗歌作品的汇集。

　　这些诗，本来不是为了发表而写的，她们仅仅是私人情感、感受和思考的记录，是生命所留下的轨迹。这些诗，源自生命的冲动、感动，是从生命之树上开出的花朵；如今我把它们收集起来，夹在这本小小的书册中，作为青春时代的纪念。

　　就此意义而言，这些诗只是作者内心的独白，是自言自语。

　　诗总是有感而发的，没有感便不成诗。人的精神有许多不同的方面和层次，那些因思而得的东西，写出来大多成了论文和著作，而那些因感而发之物，则有可能成为诗。

　　所以每一首诗的背后都有她的故事，这些诗原本就是我生活的一个构成部分。每一首诗写作时的心境和情景，至今历历在目。是生命之水浇灌着我的诗歌之树，我对那些滋养我生命的人、物、情、景深怀感激，这些诗便是对他们最真诚的答谢。

　　这些诗的基本格调是"忧郁"，这是因为只有苦闷和烦恼才能激发出我的诗绪。

　　这个格调大概也是青春的颜色，这些诗绝大部分写于青春时代就是一个证据。青春时期的心灵是敏感而动荡的，犹如春潮汹涌的江海。一山一水，一草一木，一片飘落的树叶，一声清脆的鸟鸣，都能够引发心灵的风暴；太空一划而过的雷电，偶尔飘过的一个眼神，都会溅起诗的涟漪。那时所看到的一切，似乎都可以化而为诗。其所以如此，是因为青春就是一座诗的熔炉，可以将万物炼化成激荡的诗篇。

　　随着岁月的流逝，越来越苍老的生命之树就难以结出诗的蓓蕾了，那时，精神的海洋日益趋于平静，直至再也不能泛起微小的浪花。

　　不过，写不出诗并不意味着生活已经丧失了诗意，事实上人生的每个时期都有其独特的美，某个时段的美是其他时段所不能代替的。从这个意义上来说，即使我们没有写出一首诗，只要我们活着，就是在书写生命的诗篇，只是书写的方式不同罢了。只要细心谛听心灵的颤动和召唤，便不难发现生命中的诗性光辉。

2012 年 8 月 10 日于北京

2014 年 10 月 31 日修改于意大利马切拉塔（Macerata）

如果这是梦

如果这是梦
我愿长眠在这美丽的梦中

别

欲赠一片洁白的云
我怕它随风飘散
欲赠一朵玫瑰花儿
又怕它刺伤了你的心

赠你一片沉默吧
让未来在上面写出答案

1984.6.26 北京 （以下未注明地点者均同此）

梦的花圈

沉沉的黑夜
压皱了我的眉头
记忆的潮水
漫过了心灵的地平线

我架着小船
在正午阳光的波涛中
收集起童年的残片
然后，在雪的夜晚里
扎成 只梦的花圈

1985.2.9 大砚疃

孤独

一盏幽暗的灯
只有猫头鹰
知道它的光明
一只低吟的蛐蛐
只有枯草
听懂它的声音
你呐喊吧
唯有空谷
发出回声

1985.2.9 大砚疃

四季

雪落在地上
是因为冬的思绪太沉重
花开在枝头
是由于春的情感太轻
雷电撕破长空
是因为夏的烦闷积于胸
枯叶随风飘落
是由于秋的哀愁载不动

1985.2.13凌晨　大砚疃

车站

我怀疑，你这乡村小站
能否容得下这么沉重的感情
我担心，那无限的惆怅
会撕裂你狭窄的心胸

远方送来的欢乐和幸福，你可曾品尝？
你可知道，亲朋向远方发出的祝愿和希望？
你把友谊的手臂伸向四面八方
你同人们一起咽下了多少悲哀和忧伤？

1985.2.15 大砚疃

冬夜

如果没有一个这样沉重的躯体
狂烈的寒风会把我的灵魂吹向无际的远方
若不是梧桐树支撑起从天而降的黑暗
我的躯体会被没有重量的夜晚压成泥浆

1985. 2. 15

宁静的田野

宁静的田野默诵着浅绿色的诗行
你寻找着：这字里行间是否有你的理想？
解冰的溪流渴望着蓝天的温暖
你祈祷着：狂风啊，不要撕碎她那痴迷的梦想

浓浓的雾忍受不了沉重的惆怅
我询问着：这朦胧的轻纱是否掩藏着我的希望？
每一朵蓓蕾里绽开一枚绿色的梦
我只能说：你的希望将化作落英漫天飞扬

1985. 2. 15 莒县县城至大砚疃道中

徘徊

我在你的庄园面前徘徊了许久，许久
不知道是否应当把那神圣的大门敲叩
我探问从园中飞出的鸟儿：
里边的葡萄是否已经熟透？

我以庄严的心声默念着你的芳名
又怕天上的月亮会偷听
我悄悄询问从你梦中归来的蜜蜂：
在那里可曾见过我的身影？

1985. 2. 17 大砚疃

春风

春风的声音并不沉重
却像雷鸣一样激荡着我的心胸
春风的味道并不醇浓
却像烈酒一样浇灌着我的生命

春风，你是否知道自己这醉人的酒味？
春风，我久久渴望的春天是否已经来临？
你不应当让希冀随着残雪消融
你不应当让蛰居的生灵枉做着春之梦

1985.2.20 大砚疃

如果这是梦

如果这是梦
我愿长眠在这美丽的梦中
有朝一日醒来
也不为这梦的消失而悔痛

如果这是一个痛苦的梦
我愿把这梦千万次地咀嚼
因为，对痛苦的咀嚼
也是一种快乐

1985. 2. 25 莒县店子集

朦胧

你是我梦中的幻影
当我用清醒的头脑去捕捉时
你却消失在扑朔迷离的梦中

你是迷人的海市蜃楼
当我架着小船靠近时
你却躲进弥漫的雾中

你是水中微笑的月影
当我用颤抖的手去抚摸时
你却化作一片凌乱的光明

1985. 2. 28—3. 1

梦

你化成了一只天蓝色的蝴蝶
我在花丛中将你捕捉
当我正要捉到你时
却不慎把这个美丽的梦撕破

1985. 3. 6

痴

漫山的野花竞相开放
我是一只痴情的蝴蝶
只闻到一朵玫瑰的芳香

派去的蜜蜂不见归来
不知它是否把我的灵魂出卖
我却固执地把它等待

1985. 3. 7

我愿做一只夜莺

我愿做一只夜莺
永夜在我爱人的窗前歌唱
她愉快时我歌唱欢乐
她痛苦时我歌唱忧伤

我愿做一只夜莺
永夜在我爱人的梦里歌唱
她憧憬时我歌唱未来
她迷惘时我歌唱太阳

1985. 3. 24

初春的风

初春的风早已把河里的冰冻融解
年老的柳树在朦胧中敞开期待的胸怀
松柏悄悄地脱去御寒的棉衣
迎春花在淡黄色的希望中盛开

清晨，小草从露珠的梦中醒来
中午，蜜蜂在太阳的翅膀上徘徊
成对的候鸟用爱的蓝天赶走冬的阴霾
田野穿上了用绿色诗行织成的裙带

春神已经把春天送进了万物的胸怀
为什么唯独你还没有把我的春天送来？

1985. 3. 28

蜜蜂与蝴蝶

蜜蜂在傍晚的时候归来
我问她为什么没把蜜儿采？
她说：迟到的春天里只有无花的苦菜！

蝴蝶闷闷不乐地归来
我问她为何不像往日愉快？
她说：早来的南风把我的梦儿全撕坏！

1985.6.9

七月

既然六月的风

已经吻过荷花的红唇

难道七月不会来临吗

六月为期望的酒所陶醉

在橙黄的麦穗上翻滚

于是，我在麦穗上

竖起了一把无弦的琴

在六月的对岸徘徊的那不是七月吗

在云朵里哭泣的那不是七月吗

在沙滩上蹒跚的那不是七月吗

在闪电之后呐喊的那不是七月吗

在泥泞中踟躇的那不是七月吗

在森林里歌唱的那不是七月吗

在山洪中舞蹈的那不是七月吗

在草帽下乘凉的那不是七月吗

在夜风中听爷爷讲故事的那不是七月吗
在月夜里被炎热吵醒的那不是七月吗
在柳丛中捉知了的那不是七月吗
在少女的裙角上飘拂的那不是七月吗
在你的梦里燃烧的那不是七月吗
在你的心头喧闹的那不是七月吗

八月的风拍了拍我的额头：
醒一醒吧，我的弟兄
七月已经匆匆走过
当梦拥抱你的时候

1985. 6. 1—3

傍晚

不要说，不要再说那沉重的岁月
春天的梦儿已不在花心里跳跃
不要说，不要再说你心里有条喧闹的河

沙滩上的记忆已被洪水淹没

算了吧，夏的心里盛不下冬的雪
不是吗，冬的泪水涌进了夏的眼窝
走开吧，雷雨后的湖水不再清澈
不是吗，一颗破碎的心正在树林后面沉没

1985.6.14 傍晚得于郊游途中

梦的悼念

往昔的期冀与憧憬
变成了一个遥远的梦
无名的惆怅和忧郁
化作飞散的蒲公英

真不可理解，在这个多雨的夏天里
你的心竟像秋后的湖水一样宁静
不再为道路的泥泞而愁苦

苍天的泪滴也难把情感的荷叶撼动

我喟然一声轻叹
用思想的积雪融化了昨日的梦
抚去玻璃上的灰尘
得到一片圣洁的天空

1985.7.29

假如没有那个夏天

假如没有那个炎热的夏天
也许秋风就用不着吹落枝头的思恋
任凭洪水漫过山谷
相思树下也不会有悲剧重演

假如没有那个炎热的夏天
当严寒发出命令就不用扯起灰白的帆
任凭思绪随着云朵飞散

也不会变成一串串苦涩的雨点

我宁愿有那个炎热的夏天
因为是它给了我秋的信念
我宁愿有那个炎热的夏天
是它把我的诗歌之树浇灌

1985. 7. 29

初夏

在草丛中、山坡上，开满了无名的野花
那是初夏的微笑吗

春雪

我不知道云儿的心有多么沉重
它只管抛下漫天洁白的梦
我急忙撒下诗歌的巨网
捕捉住这飘散着的诗情

你吻过了不知忧愁的苍天
又来吻我这惆怅的面孔
你吻去了冬天的记忆
却吻不掉春天的憧憬

广袤的大地容不下这小小的馈赠
在它的胸怀里你成为即将融化的感情
我用一篇多情的诗章
拾起一个个六角形的梦

初春的脚步哟请你停一停

这满天飞舞的莫不是采花的蜜蜂？

不！我给你送来的是维纳斯的精灵

难道你没有看见每一朵雪花里都有她的身影？

1986.2.17 莒县县城

我之爱

我多么想集合起所有的诗人

可是，即使所有的诗人也写不完这爱的诗行

我多么想召集起所有的世界

然而，即使所有的世界也表达不出这爱的重量

1986.4.7

夏之花

生如夏花之绚烂，死如秋叶之静美。

——泰戈尔

错开的花[①]

入冬已久，却温暖如春。迎春花以为春天到了，于是开出了淡黄的花朵，白玉兰也含苞欲放。有感。

寒意迟迟不忍归　　暖居高枝任横行
花神梦醒心意乱　　错迎春天到初冬

1997. 10. 28

早霞

采一片春天的早霞

---

① 我所写的旧体诗只能称之为"旧体自由诗"，因为我不懂格律，只是借用了旧体诗的形式而已。所以，读者不要以旧体诗的标准来要求，就当作是自由诗好了。

扎成一朵诗的花

献给你呀

我心中的她

捞一片水中的秋月

编成一圈歌的篱笆

围住你呀

我心中的她

1986.2.8 作第一、第二句

1997.10.19 续其余

致外星人

夜晚，从未有过的宁静

我的心突然一阵悸动

——那是你吗，外星人

是你，向我发出了孤独的呼声？

我们短暂的生命啊

无法跨越那漫长的路程

然而，真诚的心灵
可以缩短无尽的时空

隔着这宽广的银河
让我们用心灵握一握手吧
我抛撒漫天的流星为你祝福
我举起旋转的星系向你致敬

夜晚，从未有过的宁静
我的心突然一阵悸动
——那是你吗，外星人
是你，向我发出了孤独的呼声？

1997. 11. 1

书

你是一本神秘的书
我急切地把你来读
当我正要翻开下一页时

你却把书悄悄地合起

你是一本美丽的书
我惊异地把你来读
当我正要打开书时
字迹已经模糊

1997. 11. 4 夜

等待

等待，没有重量
却如泰山一般压在我的心上
等待，没有温度
却烧尽了我所有的希望
等待是宁静的
却在我心中掀起滔天的波浪
等待是痛苦的
却散发着甜蜜的芳香

1997. 11. 15—16

你是一首诗

你是一首诗
我用心灵把你来读
当我读到沉醉的时刻
不知道
　　　你是我
　　　还是我是你

你是一首诗
我用激情把你来读
当我读到销魂的时刻
不知道
　　　诗是我
　　　还是我是诗

1997. 11. 18

冬中春

寒风卷起秋的残梦
大地上万里冰封
可是，我心灵的原野啊
却是百花争艳，万木葱茏

也许，这春的嘱托
不过是一个破碎的梦
那时我愿为她筑一座诗的坟
再覆盖上厚厚的春红

1997. 11. 28

春潮

冬天才刚刚来临
我的心
就在冰块下沸腾
仿佛春天的潮水
在堤岸中涌动

1997. 12. 3

那是你吗

在天边的云霞里
若隐若现、羞羞答答的
那是你吗

在飞舞的雪花里
做着春之梦的
那是你吗

在春花上陶醉
听蜜蜂歌唱的
那是你吗

在秋的枝头上摇曳
满怀丰收喜悦的
那是你吗

在太空眨着眼睛
窥视我心中秘密的
那是你吗

在我心头怦动
打破心潮宁静的
那是你吗

1997. 12. 3

虽然

虽然近在咫尺
却像隔着无数个星系
只能远远地望一眼
留下的
只是模糊的记忆

虽然炽热如火
却像狭路相逢的仇敌
只能冷冷地瞥一眼
留下的
只是重重的惋惜

1997. 12. 3

毕加索

你病中的声音
犹如云中之鹤
清唳中带几分哀咽
高傲的画布上
点几滴孤独的颜色
绝望的树上
开希望的花几朵
——斑斑点点
　　一幅声音的毕加索

这声音
犹如秋风阵阵
吹起我心中的落叶
似寒风漫地
卷起千堆雪
如春风习习

唤醒桃花万朵

像夏风般猛烈

吹皱一池清波

——纷纷扬扬

　一幅流动的毕加索

1997. 12. 4—8

昨夜一场雪

一场无声的厮杀

发生在昨夜

洁白的雪

占领了山川水泽

万木披孝

掩埋起秋的尸体

奏一曲

惊天动地的哀歌

1997. 12. 6

秋叶

你的泪珠　敲打着
我心灵的音箱　发出共鸣

一如　低泣的秋雨
敲打着　即将凋零的
秋叶

1997. 12. 6

独酌

一

一人独酌　默默无语
没有喜悦　没有忧伤
静听　孤独
低吟　浅唱

二

闭上眼睛　轻轻呼吸
把心灵的喧哗抚平
静静地
不要，不要
把寂寞吵醒

1997. 12. 7—8

期待

我期待着
那个期待已久的时刻
多少个焦急的日子
都凝聚成
无言的一刻

千头万绪
万绪千头
都汇成
双目温柔地一瞥

万语千言
千言万语
只变成
两手轻轻地一握

1997. 12. 7—8

离别的日子

那无穷的日子
堆积成巨大的山川
将你我遥遥隔断
心灵的湖水
能否载得动
这沉重的岁月之船?

1997. 12. 8

品茶

把温柔的春　倾入水壶
酿出一个　沸腾的夏

将躁动的夏　塞入茶杯
品出一个　清澈见底的秋

1997. 12. 7—8

思绪（组诗）

一

独倚南窗待来燕　未觉灯火映碧天
寄言青云语伊人　人月相视夜无眠

二

月窥南窗言底事　月色如水倾满床
梦里未谋伊人面　醒来却见月如霜

三

秋光无影花梦残　如何等得归来燕
身无嫦娥双飞翼　月空无人悬碧天

四

霜降严冬黄昏后　寡妇头上添新愁
春花秋实皆憔悴　人与残月共消瘦

五

霜降无声怕惊梦　月移西南花影动
菊香暗浮弄清风　疑是玉人来入梦

六

心中独语语无绪　萦绕心头挥不去
待到春花落南渠　莫教泪把春衫湿

1997. 12. 10

七

且把纸笔枕边放　等待诗神夜来访
一夜无诗也无梦　更漏滴滴数到明

1997.12.11 晨

八

梦中有花敲南窗　清丽雅洁一缕香
醒来但闻星低语　月色憔悴听人泣

九

惶惶心绪无日终　不见春花见冬风
碎梦点点似是泪　化作朝雾漫寰中

十

一丝绿魂游梦中　未见万紫与千红
心中有蜂嘤嘤唱　无奈春风不钟情

1997.12.11

十一

灰云沉沉漫天哀　敢问红梅何处开
为乞春蕾上瘦枝　雪花泪花一并栽

1997. 12. 12

十二

春去迟迟无归日　几片残叶舞瘦枝
冷月悬空休笑痴　借问丽蝶到何处

1997. 12. 13

十三

梅花点点雪中凝　遥看春花何处红
终日思春春不至　忍把冬风作春风

十四

镇日独语语无声　满怀愁绪向东风

心事茫茫对谁诉　寄意蓝天无人懂

十五

雪华万朵愁如海　蜂蝶岂敢借东风
遥望春阻江南岸　无奈身挟北国风

十六

许是南柯一幻梦　春华秋实皆是空
无可奈何醒来日　星雨如泪漫天涌

1997. 12. 14

十七

迎春心切意昏昏　错把严冬作初春
风卷痴梦无限恨　携来白雪祭春魂

十八

心潮如雾罩黄昏　愁绪似纱又似云

远望当归归何处　　悲歌当哭哭何人

1997. 12. 17

十九

远山苍茫雾中立　　遥望春天在何处
红梅一朵先群芳　　报春已到邻家住

二十

月隐云中为谁愁　　我欲洒泪何人收
春在江南无船渡　　愁水阻断春归路

1998. 1. 7

二十一

远山层层入云霄　　且看春花何处娇
携来万红与千紫　　博得蜂蝶一时笑

1998. 1. 7—8

突然

午夜时分万籁无声
我突然从梦中惊醒
——那一定
　　是沉重的思念把你的心刺痛

阳光灿烂春风融融
我突然感到一阵寒冷
——那一定
　　是忧伤的泪水打湿了你洁白的衣领

蝶舞蜂飞百鸟欢鸣
惆怅的思绪突然占据了我的心灵
——那一定
　　是你在深深地呼唤远方的春情

1998. 2. 16

听春

我俯下身
拥抱这冰雪覆盖的大地
用心灵
倾听
你遥远的呼吸

我俯下身
拥抱这刚刚苏醒的土地
用心灵
倾听
春的轻轻叹息

1998. 2. 18

无花的春天

在无花的春天里
只有沉默在唱着谁也听不懂的歌

雪

纷纷扬扬，漫天飞雪……

烈性的风婆　拼命把棉絮撕扯
仰首看　尽是飞鳞闪烁
噫！不知是　悟空和哪家天兵动了干戈？
乍出门，还以为是冷针刺脸
细细看，却是奇花异瓣万千从天落！

世界顿觉小　地狭天不阔
举步踌更躇　路向不知何

云霄灰灰　真个天欲堕
大河上下　风尘蔽天阙
大江南北　不辨山与河
东胜神洲沉湮大海　回头不见峥嵘西岳
横空昆仑遁世外　喜马飞缰不能缚

兴安岭卷起千层浪　呼伦贝尔涌起万顷波

——哎呀呀
　　真个好雪!

1979.12.29 山东师范大学（以下未注明地点者均同此）

春情

打开南面的窗子　让敞开的胸怀
尽收这八面的来风

怎么不见了　那漫野的红缨?
是几时变成这绿波万顷?

敞开心灵的窗子　饱尝这满眼的春情
远山架住天穹　近水涌向东溟
天地悠悠白云顺风去
林木青青百鸟随风临

无数代人留你总不能
白了多少英雄发　干了多少豪杰泪
枉费了一腔爱春的情！

打开南面的窗子　遥观那八面来风
对着小小寰球我喊：
回来，远去的春风！

1980. 5. 29

秋

太阳仿佛停住了脚步
蓝天是那样高远
白云好似无瑕的雪团
青山是如此静恬
青山啊
正在做着古老的梦
梦幻曲
就是山涧那潺潺的水声

绿绒一直铺向天涯
间或有几朵白花
偶尔风儿来了
草木颤动一下……

大地，是这般宁静！
不！朋友，你听——
草丛里飞出一缕缕哀曲
花朵上传来一阵阵怨声
绿海里哪一处不风吹草动
哪个地方没有生命在进行

月儿是那般明洁无瑕
星儿俏皮地眨着眼睛
月光随着蟋蟀、金钟们的叫声
在黑夜中挥洒
萤火虫在黑暗处舞放绿华
窗外的风吹得树叶"沙沙沙……"
风儿在我耳边悄悄地喊：
"秋来了，秋来了！"

1980. 8. 25

月思

月光像秋霜似地在田野上挥洒
天空只有几颗星星神秘地眨着眼睛
原野如同凝结在达·芬奇的画面上一动不动
耳边只有一片蟋蟀的歌声

远山飘渺在空中
村庄抹上了一层幻影
月下的夜色哟冷冷清清
夜里的田野哟朦朦胧胧

这一切该不是梦吧？
却又很像是梦
这一切难道不凄凉吗？
却又好像充满了热情

浩渺的太空里生就了一颗微尘般的星球

在这颗星球上育成了蚂蚁般的芸芸众生
这个小球每一刻都在运动
这个小球上哪一处不充满斗争！

自称是好友和亲朋，其实
一堆有机物构成的人们全都一样陌生
想一想罢：什么是人类的使命？
想一想罢：人生是否一场大梦？

在这中秋的月下摆上了多少酒桌？
又消遣了多少形圆心不圆的月饼？
有多少人畅怀痛饮，狂笑声声？
有多少人默默独酌，暗自伤痛？

狂笑者尽管狂笑，天塌了自有高个儿来撑
伤痛者只管伤痛，你死了还有无数后生
人间似有情，却又这样无情
人生的道路哪一条也通，又好像哪一条也不通

人们哟，多么像一群无知的可怜虫
——争权夺利，伤人害命
这些陌生的过客哟

何不组成一个温暖的大家庭？

安分守己、忙忙碌碌的，自是劳累终生
损人利己、失去人性的，却从来面无愁容
有情的常为真情死
无情的却获得了真情

人生在世像一叶扁舟在浪尖上航行
惶惶终日，胆战心惊
这命运之舟上的人则如同大风中的空气分子
只能是任南任北，任西任东

我不认为有什么天命
但是，人的命运有内在的必然性
我不主张忍让逃避
仍然，我要歌颂风暴中的雄鹰

往事不堪回首也得回首
正像我们不得不回忆昨日的梦
过去的说不清却力图说清
就像农民不得不在古老的土地上犁耕

皓皓的明月使我忆起许多往事
静静的田野不能不唤起我沉睡的心声
回首往事啊不能不令人伤痛
唤起的情感啊怎会不起伏波动

大自然在这块肉体中加上了你的魂灵
阎罗的造册里又多了一条微小的生命
说不尽哟世间的冷暖
又怎样说父母的养育之情

沙河上有你蹒跚的足迹
春苗里有你美妙的憧憬
田野收藏过一个牧童的诗情
秋水至今还珍藏着你远去的身影

一切是那样新鲜又那样神圣
理想之鸟在旷野上驰骋
天真无瑕的心雪一样洁白
家乡的泥土至今记得那朗朗的笑声

你写过："顶峰风光多，只惜烟云遮"
路途茫茫且荆棘丛生

你写过："北风凄厉鬼横行，白日提灯看不清"
满腔愤懑只能在笔尖上喷涌

悲伤的时刻，至今想起还隐隐作痛
人世间竟是那样严酷无情
奋战的时刻，现在想起还跃跃欲试
朋友给我以温暖，亲人予我以爱情

逝去的存在就像一场噩梦
它是那样遥远又像是刚刚发生
但愿一去不复来，可谁敢这样断言
历史往往给预言家以无情的嘲弄

月升高了，河里投下玉盘似的月影
秋风起了，尽情地把我的头发抚弄
世界沉睡了，人们在做着痴迷的梦
星空沉睡了，宇宙在做着永恒的大梦

不必担心，我不会发问
水中的月投到天上还是天上的月投到水中？
毋庸置疑，我不会写出
是秋风抚弄我的头发还是我的头发在抚弄秋风？

人间自有真情在
有时无情胜有情
冲破网罗的，自是弄清影
没有知音的，他自己就是自己的至朋

人生既然充满了斗争
它的道路就不永远是水秀山青
人生既然有雨有风
怎么会只是月好花红！

阿谀逢迎的，只能说他丧失了魂灵
懒汉懦夫，只能说他是可怜虫
活着，就不能屈膝卑躬
活着，就不能做孬种

月升高了，河里投下玉盘似的月影
秋风起了，尽情地把我的头发抚弄
天空只有几颗星星神秘地眨着眼睛
田野里只有一片蟋蟀们凄切的歌声

1980.9 中秋夜于山东师范大学农场，小清河边

走在田埂上

夕阳在地平线上降落
晚霞烧红了半边天阙
金辉洒满静静的秋野
——这是真实的秋色，还是我的幻觉？

不！这不是我的幻觉
因为我的眼睛像秋水一样清澈

漫野的稻谷初浴秋色
清凉的风儿轻轻掠过
忸怩的稻谷低垂着脑袋
似乎有说不出的羞涩

不！稻谷并不羞涩
她是在把未来的道路思索

起伏的田埂被庄稼淹没
丛生的杂草将我撕扯
为何一代代草儿生生灭灭？
只能说：大自然的画面上一笔也不能缺

草丛中陡然飞起一只小小的麻雀
在它飞起的地方留下一个小小的风波
它飞过河去了，草儿才停止了摇曳
——细细看吧，田野里哪一处没有晃动的漩涡！

南边浑浊的小清河
默默流着一句话也不说
只是偶尔溅起浪花几朵
——莫非这就是你的生活？

"不！夏天的时候
沉默并不是我的性格。"

噫！刚才我身上披的是绚丽霞光
现在竟是一身洁白的月色！

1980.9.16 山东师范大学农场

我们都是年轻人

——远足归来后作

青春啊，青春
你迷惑了多少多情人
青春，青春啊
你并不仅仅属于年轻人

少年的时候我迷恋过青春
到了青春时才知道它被披上了一层迷晕
青春美好啊
但美好并不都属于青春

北来的秋风啊南去的鸿雁
秋实给你喜悦寒冷给你辛酸
春天里有冬寒也有夏暖
哪里只是红红的花瓣！

年轻人的青春啊，青春的年轻人
哪里会像白雪一样单纯
既生在风沙的世界上
怎能不沾染上风沙的微尘

年轻的心灵有天晴
同样会有沉重的乌云
晴天时阳光明媚
阴天时闷雷沉沉

奋起的时候，不乏干柴的火热
消沉的时候，亦有苦闷和悲哀
火热使青春燃烧
悲哀给青春增添光彩

年轻人啊，年轻人
年轻人不一定有壮美的青春
我们当中也有年轻的"老汉"
他们的精神之树早已落叶纷纷

年轻人，年轻人啊
最渴望得到知音

面对知音可以倾吐肝胆
可世上能有几个这样的知音！

相见未必会相识
相识未必是知音
冷漠的年轻人啊
只有空谷是他的知音

华丽的服饰也可能包裹着肮脏的灵魂
丑陋的外表也会有健美的心
年轻人哪，要实现你伟大的抱负
只有向人类的心灵进军

大自然并不全是花朵
道路不都是笔直延伸
花瓣上也会有灰尘
生活中并不全是美妙的歌音

至今……至今啊
我仍憎恨那说谎的“诗人”
给生活披上了画皮
骗了多少颗洁白的心

虚伪显得美好
它装饰着自傲的心
真实是丑陋的
但你怎能把它否认?

年轻人哪,不要向人乞求施舍
我们就是自己的主人
揭开那迷蒙的面纱吧
我们会有永恒的青春

我们哪,我们都是年轻人
世间哪一个角落里没有我们的声音
我们都是年轻人,我们哪
用双手开拓现在,未来属于我们

1980. 10. 11

二寡妇

　　村里没人知道她的姓名，只知道她是"二寡妇"。她从不与人搭话，飘着白发，迈着三寸金莲，从人们身边缓缓走过。此情此境，难以忘怀，写此诗以记之。

二寡妇　这个名字凝聚着一个字：
苦！苦！苦！　想当年
"二寡妇"是个乖乖女　父母之命唯听之
——凭父把身许

十六岁上过了门　十七岁上孕于腹
可谁知　欲顺天意命偏苦
孩子未出世　丈夫病急促
急得呼天地　可哪里有钱找大夫
——眼看着丈夫阴间去
活活的人儿
变成一堆土

小寡妇儿啊
坟边哭：
"狠心的人儿啊
为何不等我一块儿去？
老天爷呀
你为何有眼却无珠？"

男人死　女人活受苦
她不得再寻夫
北风常吹子夜泪
墓松每闻有人哭
小脚纽纽儿
蹴着泥泞的路
不出门的闺秀
也得经风雨
——村里的老小
　　哪个不知二寡妇！

女儿大了嫁了人　家里只剩下自个儿
邻人骂　仇人欺
何人正眼看过二寡妇！
孤守青灯五十年

每问青灯灯无语

二寡妇　人到七十无人顾
挑水去　牛眼珠儿般的小罐压肩上
一步只迈二寸五
——朝朝又暮暮
寒风摸着皱纹哭
雪花伴着白发舞

二寡妇啊　二寡妇
你停下步　前边不远是坟墓！

1980. 10. 17【后因不慎失火，二寡妇烧死于家中。1990 年补记】

无题

未来的，使人向往
逝去的，令人留恋
只有现实的，让人感到厌倦

然而，现实却正是
　　逝去的向往
　　未来的留恋

1981. 10. 13

秋叶

秋叶黄了　西风飕飕
夕烟里　飘落一片春愁
哪儿去？哪儿去？
西风曰：
重生在雪后的枝头

1981. 10. 17

春天在秋天里远足

——远足归来后作

漫山的红叶在松林间燃烧

青春的烈火在我们心中咆哮

狂欢吧

让我们说让我们笑

让我们唱让我们跳

——我们的生活没有贴上商标

　　不必担心市价的低与高

——我们的生命才刚刚踏上轨道

　　生活的画卷正一幅幅展耀

朋友，快来吧

顽石算什么？——踢下山涧

荆棘算老几？——不须一看

仰首看

山尖顶着青天
到得山巅
青天仍然是那样高远

苍天虽然离我而去
远山却蜂拥到眼前
群山像凝固了的海浪
正要把航船打翻
一架架山梁犹如恐龙的化石
　　横亘原野
不知经受了多少万年的
　　风吹雨舔

一层茫茫云烟
罩住了山间寂静的秋光
　　和山下生活的画面
引颈西望，不见黄河来去
只有西风吹打着我的发我的面

西风啊，你这洁净的风
狠狠地吹吧
扫除世间的一切污染

西风啊，你这自由的风
狠狠地吹吧
把稚嫩的树吹成枯瘦的剑
西风啊，你这无情的风
狠狠地吹吧
青春的伙伴永远也吹不散

人总是要离别的
哪怕是夫妻也在所难免
别离了又算什么？
天涯海角存在于我们胸间
人总是要衰老的
哪怕他活一万年
死又算什么？
胡须和皱纹是青春的果实
青春永远居住在奋斗者的心田

来吧，青春的伙伴
让我们把野炊的烈火
在这高山上熊熊地点燃
让我们点燃青春的烈焰
烧掉这亿万年的时间

1981. 10. 25—26

初春

大地上还徘徊着料峭的寒风
没有阳光的地方尚存留着残雪和坚冰

然而，春终于露出了她
　　　俏丽的面容

雪化了，原野显出她本来的面孔
冰山倒了，大地昂然挺起胸
正在融化的冰块下
鱼儿曾经冻僵的尾也开始摆动
光秃秃的田野深印着寒风肆虐的痕迹
然而，一缕缕泥土的香气已散布在空中
小草也抖掉身上的泥土
探头探脑地为春与冬的搏斗喝彩助兴
一片片蔚蓝色的天正在赶走沉沉的云
山川间游荡着一丝丝绿色的梦

残冬不愿就此离去
如同一个垂死的老汉
迟迟不肯到崔判官府上报名
可是，初春这个生机勃勃的小伙子
站在未来的舞台上发起了猛烈的进攻

海涛裂岸，春潮汹涌
点点渔火映照着宇宙深处的寒星
大海这个充满无穷力量的巨人
正在把地球拖向下一个黎明

熊熊的篝火烧红了夜空
夜行的豺狼慌忙逃遁
溪流哼起了只有大自然才听得懂的春歌
这神圣的歌声带着颤抖的喜悦
滚过了茫茫夜野、簇簇草房和寂静的森林
把第一缕春的信息送进即将复苏的生灵梦中

迎春捧出了第一朵金色的蓓蕾
低矮的柳树献出了第一支嫩黄的苞芽
在中午的阳光里
偶尔可以听见一只蜜蜂

和煦的春风吹来
如同娃娃的小手抚摸着面孔
初春的风啊
既使人陶醉，又使人清醒

南去的大雁回来了
它们要在北方重建家庭
候鸟欢叫着
翅膀上满载着南方送来的春情
鞭炮声震荡着原野
白发老农开始把春天犁耕……

谁的心弦能不被这淡荡的春风拨动？
细细的春雨敲打着情感的音箱
谁能无动于衷而不发出共鸣？
谁愿守株待兔而不去刨开那坚厚的土层
让春的根子深深地扎稳？
谁愿在春天远去的时候再呼唤春风？
谁不愿让短暂的青春变成永恒？

初春哪
　　将不得意于春色的绚烂

因为，谁能断言不会有倒春的寒风？
初春哪

　　并不满足于一现的叶绿花红
因为，前边还有无限遥远的路程

大地微绿了
旷野的道路交错而纵横
山间有古老而险要的栈道
乡间的小路也时有不平
溪边有折腰的垂柳
崖上有挺直的青松 ·
激流处有潜伏的小鱼
碧空里有搏云的雄鹰……

　　　　　　　　　　　　　　　1982. 2

春天的烦恼

嫩黄的小草揉着眼睛醒来了
春天悄悄地爬上了柳梢

小溪如同幼鹿在山间欢跳
解冻的冰河把去春的道路寻找

口渴的大地吸吮着春雨
潜伏的生命渴望着春早

鹅黄的苞芽里种下了一颗秋的种子
也种下了春的烦恼

春风偷偷地送来了浓醇的美酒
激起花心里的万丈春潮

蜂巢里

蜂王高唱着禁欲的圣歌
野林中
清醒的绿叶上躺着几只醉倒的蜜蜂

春天啊！
　　娇美的花卉向谁炫耀？
　　秀气的绿叶为谁钟情？

秋日里丰盛的晚餐
不时在眼前闪现
可是，谁能知道
　　记忆的潮水也曾打湿了春的视线

炎夏即将来临
谁个心里能不沸腾
然而，谁又不知道那
　　绵绵无尽的夏雨和斩不断的泥泞

冬雪的洁白与无瑕
哪个能不钟情
但是，谁又满足于那
　　冬眠中的无知和梦中的朦胧

春天啊！
　　赞美的歌像蜜一样浓
　　献歌者乃是蝴蝶和蜜蜂
　　傲慢的花朵公主般的傲慢
　　阳光下她是多么醉意朦胧

啊！
　　南风一阵好无情
　　大地上摔碎了多少公主梦！

在朝阳的灌木丛中
曾有一首淡蓝色的歌
而今为问她去何所？

哦，艰难的生命是何等壮关
　　生活的美酒是多么苦涩

我终于懂了
——夏原来是春和秋的媒人
　　河原来是此岸到彼岸的桥

1983. 4. 7 – 8

悼

"严守成死去了！"
开始，山民们这样惊呼
不久，一切都平息如故
似乎，这个世界上
　　　从来没有少过一粒沙子
时间的沉沙
　　　埋葬了关于死者的记忆

村民们就这样
　　　默默地来到世界
　　　又悄悄地离去
世界的画廊上
　　　未留下什么痕迹
而他们离去时
　　　也没有带走任何东西

一切在平静中产生
又在平静中消逝
只是夏日街头的黄昏里
偶尔听到严守成的名字
然而，那只是死灰里的火星儿
那谈论者不久也将随灰飞去

哦，时间根本就没有记忆
　　世界也从不产生和消失
　　——这又何必惋惜
　　这又何必惋惜

1983. 10. 16 北京

春天的狂想（断章）

一

我骑上无形的飞马

开始了遥远的旅程
我不知道哪里是目的地
只是遨游在这无际的太空
时空的锁链已被踏碎
马蹄的壮歌践破了宇宙的深梦

然而
　　谁知道这是多么遥远的旅程？

二

童年，如同一只欢快的小鹿
蹒跚地走了
走得是那样无情
然而，她像一枚天蓝色的梦
时常钻进我的心中
踏破了记忆田园的宁静

三

小河怀抱着流水的化石
　　在深冬中睡去

只有化石的眼泪
　　在轻轻地叹息
——哦，我不要这些
　　我不要这些
我寻求的
　　是冰下那永远失踪了的小鱼儿

四

田埂上仍然躺着秋草的尸体
冬麦的心田里已升起一片绿意
春天
　　在冬的枝头上招手致意
冬天
　　却在屋檐下低声地哭泣

冬天哪，抹了一把泪水
　　扭头就走了
春天呀，面对绿色的穿衣镜
　　心里是多么焦急

五

春天哪，咱们走吧
不要再问"为什么"
走吧，只要度过那漫长的酷夏
秋天会给你满意的回答

只管走吧，春天
不必再问"为什么"

六

骑上无形的飞马
开始那遥远的旅程
去践破宇宙的深梦
何必管它是多么遥远的旅程

1984，春，大砚疃—北京

夏夜蝉鸣

在蝉那短暂的呐喊中
也隐藏着宇宙的永恒吗

宇宙

宇宙
是一洪波巨澜
在时空的坐标里
汹涌奔腾，永不停息
一切的一切
皆为昙花一现

1981.6.20 济南

墓前

这是一座荒芜的坟墓，没有墓碑，大概已经没有后代或者没有知道它的后代了。

往昔的岁月不再流动
你短促的生命在这里成为永恒
春天的希望和夏日的憧憬
已成为死去的空梦
沉默的墓碑诉说着你的一生
可是有谁能够听得懂？

1985. 2. 28—3. 1 北京（以下未注明地点者均同此）

春天

在春天的微醉里
花儿笑口常开
蜜蜂手舞足蹈
在花心里扎起了芳香的舞台

遗憾
狂风任是无情来
抛撒下

一地凌乱的爱

1986. 5. 14

笼中鹦鹉

一只何等漂亮的鹦鹉
在笼中奔走，高呼
你是在笑，还是在哭？
是呼唤那可望而不可即的蓝天
还是想起了昔日的伴侣？

不需要迎着风雨奋飞
也不用为生活而忙碌
主人的恩泽深厚无比
你这不知趣的鹦鹉
为何还不满足？

1987. 5. 26

历史学家

不必去深山里寻找古人的行踪
更无须到坟墓中把死人唤醒
你自己就是活着的历史
全部的岁月都在你心中跳动
残砖破瓦已经没有生命
祖先的血液依然奔流在你的血管中

1987. 12. 22

大海

每当思恋起大海
我的心便如江河澎湃

仿佛，大海的脉搏
跳动在我每一根血管

虽然大海遥不可见
但从苍天赠与的雨滴中
我听到了海的声音

1987. 12. 22

诗人

具有广袤无比的心境
整个宇宙收藏在胸中
从地上采来江河的歌唱
从天空摘下星星的光明
书本里夹上一片夜的朦胧
诗集中收下一缕芦苇的憧憬
从田埂上走过他脚步轻轻
生怕惊醒了苦菜花的蓝天之梦

1987. 12. 22

初雪

天空飘下一万首纯洁的诗章
树枝上压满了诗人的狂想
松柏宛如垂暮老人
白须三千丈

一枚雪花落在我手上
心中怀着白色的忧伤
你是孤独的天外来客吗？
"不，我来自你十五岁的故乡！"

1987. 12. 26

致一只蜜蜂

黄昏来临，晚霞初收
你疲惫地落在我的窗口

——远方飞来的蜜蜂啊
　　你是迷失了回家的方向
　　来向我求救？
　　还是在用嘤嘤的歌声
　　向我赞美原野上的丰收？

黄昏来临，晚霞初收
傍晚飞来的蜜蜂啊
阳光灿烂你在花海里遨游
风狂雨骤你观赏大江奔流
而我——
　　逃避了狂风暴雨
　　也逃避了蓝天里的自由

那广袤的太空
我只能远远地看到一个窗口!

感谢你,晚霞中飞来的蜜蜂
你的翅膀搅起的巨风
推动了我思想的轻舟

1988. 6. 27

秋的怀念

当春天远去的时候
我才想起春的花朵是何等芬芳!

而今,昔日的一切憧憬
都变成一个遥远的梦想

寒风在我面前展开了翅膀
一片苍茫的雪原正在地平线上生长

1988. 11. 7

青春

青春是一部无字的书
任少男少女去读
在那似懂非懂的语句里
隐藏着春天的秘密

青春是一部无字的书
作者是少男和少女
笔是难以按捺的思绪
墨是无声涌动的泪珠

青春是一部无字的书
烦恼与惆怅是她的旋律
谁读懂了这部书
就会说生命是一首神秘的诗

1989.3.25

晚霞

是谁吟出这含泪的诗句
写在黄昏的天际?
是谁抛下白天最后一缕回忆
为仓促的青春哭泣?

夜色把晚霞默默地收起
也收起了这无人回答的问题

1989. 3. 25

宁静的声音

宁静的心
如秋水一般清澈
却回荡着
群山雷霆似的怒歌

梦中诗

昨晚梦中得诗数首，可惜，醒后只记得其中的一段。

远方的星星在闪动
你是否也会死也会生？

那凝立在地平线上的坟墓
是否收藏着死去的魂灵？

1996. 9. 16

十三陵

你威风凛凛
不过是落日的辉煌
你触天而立
只是一个死的坟场
你富丽堂皇
却放射着尸骨的寒光
你典雅华丽
却遮盖着灵魂的肮脏

1997. 12. 3

群山

那一簇簇群山
不是时间的坟墓
又是什么呢?

1997. 12. 3

雪花

你
如果
不是为了埋葬一个肮脏的世界
就一定
是为了祭奠一个高尚的灵魂

飘飘洒洒，漫天洁白
全宇宙都披上了孝衣
为死去的英雄志哀
你的哭泣无声无息
悲恸却席卷了十万个星系！

1997. 12. 3

时间之花

一　时间

时间之花
枯萎了吗？

可是
那顽皮的吵闹声
仿佛就发生在昨天

二 雪

雪，洁白而透明
仿佛来自太古的碧空

1998.11.23 得于早晨梦中

柳笛短歌

柳笛是短小的
但它吹响了整个春天的号角

冬

一载四季最劣冬　灰云如絮舞当空
大雪霏霏倾天落　北风残酷实无情

一九七四年闰四月一日①，山东省莒县大砚疃村（以下未注
明地点者均同此）

早雾

晨雾茫茫宇宙昏　道蔽踪迹不见人
林内鸟猿少鸣啼　山中走兽灭行迹

一九七四年九月二十二日晨得于田野中（刘家林前）

---

① 本书凡用汉字标明的日期，均为农历；用阿拉伯数字标明的日期，则为
阳历。

暮

红轮西沉艳光多　秋色万里罩烟波
薄暮冥冥徐徐落　正是鸟兽归巢窝

一九七四年九月二十五日傍晚得于收工后回村的路上

夜村

夜村孤岛镰月照　白玉垂挂枯柳梢
静影皎洁冰雪耀　碧空淡淡青云飘

一九七四年冬

冬月

冬夜凄凉月光寒　孤游漫步于荒山
眠时何处宿　千里无人烟

顶峰风光好　只惜烟云遮
意欲攀峭壁　怎奈困难多？

一九七四年十二月十六日

叹春

朦朦胧胧半截春　春风无情桃花碎

昨夜忽闻子归去　呐喊一声槐雪飞！①

一九七五年三月二十六日

宽心词

众鸟高飞去　我身独徘徊
满腹凌云志　太息无劲风

一九七五年三月二十七日

坎坷

步履坎坷道难走　为有功名几时求？

---

①　每到农历四月，家乡满山遍野盛开着洁白如雪的洋槐花。与雪不同的是，洋槐花散发着浓郁的芳香，充塞于天地之间，浮荡于街头院落。

远方虽然是春天　　怎奈泥水使人愁！

秋夜

空中星月光　　照耀天下窗
夜阑人入梦　　深秋紫红苍

一九七五年四月九日

静夜

沭水悠悠寂静夜　　星星稀疏月光洁
坐于枯藤残柳下　　手捧横笛唱战歌

一九七五年四月三十日

端阳之景

麦刈大野空荡荡　苍山翠木更凛然
滔滔黄波变浅绿　风吹人欢奔田间

一九七五年五月五日

五月之夜

月柔光和野茫茫　夜风杨柳声铿锵
风戏园中农人裳　太空久旋笑声爽

一九七五年五月八日夜得于与父亲一起去菜园途中

观牛耕

君看前边地中　沃土滚动波重
一犋黄牛一迈翁①
正是农人夏耕

扬鞭喝牛飞快　泥土翻浪喷香
少顷犁止又一趟
老叟自得悠扬

一九七五年五月十一日写于田间休息时

---

① "一犋"，即"一对"，老家耕地时都是两头牛拉一个犁。

山村

夏日小村冷如冰　　只缘大雪降村中
天低气闷难呼吸　　北风凄厉鬼横行
魑魅丛生街不平　　白日提灯看不清
哪得一日太阳出　　冰融雪化漫春风

一九七五年五月十三日

农村夕景

轻风拂过田野中　　萋萋禾苗拍手鸣
山拱血阳云彩飞　　金光万道射霞空
渠水清静映天池　　洗尘荡破水中宫
日暮英雄收工去　　身影渐入夕烟中

一九七五年六月二十一日

除草

去时满目草　　回来见地红
辛勤劳动者　　庄稼必丰盛

一九七五年六月二十三日写于南大路

东风

东风一浩荡　　吹我一时欢
困难犹重重　　腹中有千言
首从哪处绘　　只是开头难

一九七五年六月二十五日

山野

晨雾缭绕沂蒙山　野村人家缥缈间
须臾一轮红艳艳　阴霾逃遁天地宽

一九七五年六月二十六日

锄禾

疾风吹劲苗　灰云飞驰过
飘过捕食雀　农人正锄禾

一九七五年六月二十八日得于南大路地头

晨野

碧空静似海　大野若闲庭
朝阳红如血　彩霞凤凰绫

一九七五年六月二十九日得于早晨劳动结束后回村途中，大水库边

秋晨

秋水潇潇明如镜　一池秋水裹秋霞
东风浩荡振秋波　小燕啄水激浪花

一九七五年七月二十三日傍晚得于收工途中，大水库边

秋暮

夕阳欲滴云彩红　蓝天落入池水下
晚风劲吹荡秋池　鲤鱼摔尾弄秋霞

一九七五年七月二十三日

川上

盘坐川上叹溪水　溪水盲游随溪去
逝去流水何日归　飞流激水潜小鱼
时光如水驹过隙　人生纵有春几时

一九七五年八月十七日得于南大路地头，临川而作

秋雪

寒光洒满神秘夜　茫野银月映秋雪①
山影水光犹白昼　田中农人正劳作

一九七五年十月十六日

雨后夜

清月洒尘埃　雨后山林爽
大路如铺银　小道似羊肠
松柏涛声吼　吓死林中狼

一九七六年四月十三日

---

① 一到秋天，故乡的原野上晒满了白色的地瓜干，如雪一般。

春节赋

风儿闹联婆娑舞　新春悄然入门来
家家摆下迎春宴　酒香当是春花开

一九七九年春节

春意

风戏衣角春意闹　春姿万千目难及
春风初浓醉行人　春野尽收胸怀里

一九七九年一月十四日，从刘官庄公社中学返村道中

自嘲

陂陀道中赋自嘲　借以自解他人笑
天倾莫能移吾志　深信铁意会燃藜

一九七九年一月十四日，从刘官庄返村道中

续梦诗

一九七五年三月二十六日梦中得句云："月光如冰冰
雪碎……"至今犹记，今续之。

月光如冰冰雪碎　冰雪弥天天地晦
倏然清风扫阴霾　蓦地还本梦中回

一九七九年八月二十三日

冷月歌

乌蓝天幕挂洁琼　　洒地光辉冷冰冰
前日弯弯今欲圆　　正是圆缺无情情

1979.9.2 大砚疃

山师之夜

灯眼眨眨林中瞅　　脆笛余音绕红楼
笛浓歌甜我欲醉　　早年狂梦几时酬

1979.9.17 济南，山东师范大学（以下未注明地点者均同此）

夜光

星儿躲藏月羞怯　灯盏万千接天河
织女遥望不夜城　欲下凡尘寻牛哥
嫦娥舞看灯花盛　心悔不该盗仙药
风儿吹来寒笛声　既是深冬我方觉

1979. 11. 26

黄昏

门开南山入眼来　千佛欲遁凡尘外①
雀居残秋空唧啾　月悬中天虚自爱
桐立寒风细呻吟　松挺暮中思春霭

———————
① 山东师范大学背靠千佛山。

纱缦徐徐降大地　繁星眨眨升起来

1979. 11. 27

暮色

日落西山雾迷蒙　万物皆在缥缈中
仿佛身置云天外　又似大地欲腾空

1979. 11. 29

雪中月季

风烈雪飞漫寰中　树木尖叫呼无情
天涯茫茫处处白　唯见她把脸羞红

1979. 11. 30

烟雾

烟雾霭霭物依稀　欲穷苍天眼迷离
身在雾中不知觉　等待烟消雾散时

1979. 12. 3

雾

睁眼处处皆轻纱　远飞老鹰迷归家
山中走兽堪觅食　猎人辍枪眼塞沙

1979. 12. 4

晨霞

晨霞一展万里天　恢恢长空飞彩练
莫道九天不可望　哪得黄鹤到云间

1979. 12. 7

冬雨

细雨丝丝九天落　愁云嗳嗳绕南山
安得倚天抽宝剑　裁断雨脚废泥潭

1979. 12. 18

望春

连日南风滚　我醉风中春
江山残雪在　疑是春花开
惜雁南飞去　空喊春不回

1980. 1. 5

再登千佛山

半山亭阁云外飞　古柏树，苦留住
九点齐烟在何处？①
街道阑干，云烟满目，哪得寻李杜！

----

① 九点齐烟，乃千佛山一景，据说，背千佛山而北望，可见九座山峰，隐
约如九处烟雾。因古为齐地，故名。

山岭剑削虎龙惧　万马奔向泰山去

翘足伸手堪摘日

蓦地鸟喊，斜阳落草，东山蹦玉兔

1980. 1. 21

新月

天边娥眉　一弯新丝

飘飘摇摇　河汉横渡

想姮娥撑帆　吴刚摇橹

如此舴艋　可载得动牛郎织女？

1980. 1. 22

风声

昨夜风声紧　疑是春敲门
惊醒冬之梦　醉春一缕魂

1980. 1. 29

春之雪

昨夕初泛绿　今朝华万朵
春红着素衣　绿草生银叶
稚柳飘白絮　花丛乱飞蛾
伸手去捉时　却是一天雪！

1980. 3. 22

初春偶作

南风寒初暖　冰河冻未解
北岸柳不绿　南岸燕未来
日拂面生朱　泥爱行人鞋

沙河寻故迹　知水天际流
野上觅旧情　脚印落身后
遥看天断处　思思谁能收
把手问春风　春风不回头

一九八〇年一月八日得于故乡田野之上

春感

不见昨日风雪飞　　但见山河满目翠
春阳融融蓝天迟　　枯叶滚滚东江水
绿云红雾抹天涯　　燕呢蛙咏春息飞
忙蝶勤蜂花间行　　几人清醒几人醉

1980. 4. 25

家乡杂咏

一　步出村西口

步出村西口　　豁然开新眸
连日因雨绵　　此墨未及收

空野匿万物　静天云几丝
是日蹒跚来　只为拣珍珠

二　墓地

草杂未见墓　唯见古松柏
自古为生者　谁不为睡骨?
一风草叶低　偶露欲朽碑

三　牧童

牛驴任它游　荫下自按棋①
云雨四面来　凭它八方去
雨洗草更翠　恰是放牧时

四　河岸

似曾识此岸　又似知彼岸
岸岸隔相望　不知哪是边?

---

① "按棋",方言,即下棋。

五 密林

林密草木深　丛中谁说真？
当年树下迹　从中何处寻？

六 大豆

春豆已结纽　秋豆苞方聚
见君翠枝叶　能不忆曹植？

七 登山

松柏扯衣角　草露吻吾脚
登山撕白云　昂首江天绝
望穿茫茫野　不尽滚滚河
山风扑面来　抚膺长咨嗟

1980.8 大砚疃

大明湖

北风吹来岸柳斜　一湖水含半天霞
轻波难载满船情　遥看那湾尽荷花

1980.9.16

秋意

秋风正冷，柳梢已黄，飞雁心伤
天蓝如洗，几朵云儿，意在彷徨
忽一阵风云骤，落叶满那边池塘
簌簌稼语，清清月光，阵阵寒霜

1980.9.20 山东师范大学农场

秋晚

黄河落日圆，天边红云羞
此秋晚，记得多少？
麻雀吱喳枯叶舞
低吟者，是秋草

山岳势巍巍，雾带裹熊腰
清如许，秋水潇潇
醉看秋里春多少？
春纵好，但已老！

1980.9.21 山东师范大学农场

秋雨思

细雨九霄落

冷丁丁摇动秋叶，穷问追索

秋风含怨低吟说，绵绵似恨无绝

夏去秋来冬又接

东流济水何日归？无回语，唯有风索索

望天末，地维绝

怪怪哉哉怪多哉

猫与鼠哪世旧恨？亘古未绝

早岁哪知世事艰，却道古原平阔

念人生无处坎坷

万古长途几人回？待他日寻得黄鹤在

断鸿蒙，持干莫

1980. 10. 9

红叶

秋风咽咽悲客心　迷雾蒙蒙千佛隐
借问秋风路何去　红叶一笑休问津

1980. 10. 11

冬雪

冬雪唱青松　春寒歌修篁
清骨留人间　芳气日月长

1981. 3. 31

游大明湖

一

轻波荡舟风簌簌　小橹撕碎万段绿
久扬大明湖不明　哪见鱼龙水中舞！

二

岸边翠柳尽折腰　风流悲歌稼轩曲①
大江东去气如虹　何似半生不死湖

1981. 4. 19

---

①　大明湖边有稼轩祠。

游四门塔^①

群山卧龙虎　　岭上古松直
蓦然回首处　　万马奔腾急

1981. 5. 30

春光

春光纵然好　　无乃太匆匆
滴水成流春江涌　　铁杵十年成

夏光亦堪爱　　霹雳震长空
人生不过百年事　　千年飞彩虹

1981. 6. 24

---

① 四门塔位于济南郊区，是著名古刹。

风雨

满天风雨满天雷　江河自流花自飞
禾苗丛里有天书　休管昆虫草头飞

1981. 7. 17 大砚疃

咏初春

偶见山前一草青　残雪尚在势难竞
网罗撕破赖恒意　春流涓涓见伟功

1981. 7. 17

初秋夜

纱漫初秋夜　流光任徘徊
唧唧虫声闹　爽爽秋风来
对月思无瑕　双手捉清白
此时最相思　乃君却不来

1981. 8. 18

秋二首

一

薄雾绕南山　晚霞照秋林
起身五更早　如何叹黄昏

二

月季搽秋粉 早霞落霜溪
空山松萋萋 一声绕危壁

1981. 10. 2

季秋

秋深山林瘦 风寒人空肥
策马低吟哦 漫道残叶飞

1981. 10. 14

霜天

霜天挂晓月 霞红启明羞

江静山欲奔　　冰固激流哮

1982. 1

看雪

大雪弥天宇漫漫　　迷离满眼狂飙卷
灵霄坠落残瓯飞　　红旗一动天地翻
混沌本须混沌除　　从来有限求无限
须臾人生万年事　　浩茫宇宙何灿灿

1982. 4. 15

出游杂诗

一 无题

苍山野岭似海涌　人情世事两茫茫
抚膺长嗟人生事　何日挥手平恶浪?

1982.4.23 去曲阜途中

二 登泰山

丛山苍茫云飞渡　世间何处觅故知?
长歌漫舞震极峰　唯有巅松回声起

三 泰山极顶

俯望世事皆缥缈　山河似梦遥
千峰欲飞天九旋　依稀松柏俏

云雾滔滔　不见黄河来去
青山问遍了　莫问泰山在何处

四　无题

飞禽柏间鸣　世间知音稀
人无通心者　宁如河边石

1982.4.28 泰山

秋雨杂感

冷雨霏霏云正浓　树下静听诉怨声
滴滴似是离人泪　英雄何尝不衷情
满怀愁苦诉与谁　往事重重温旧梦
都予大河向东去　断肠流泪不英雄

1982.10.1

怪云图

雨后，与友周文臣观空中怪云，有万千姿态，感而
为诗。

一

万里羞蓝西域灰　　晚霞辉中起沉雷
怪兽猛扑惊天狗　　孙公棒起血横飞

二

杀声如雷马嘶鸣　　兵刃漫天尸骨横
惊雷起时硝烟灭　　电光闪处鬼失踪

三

远古老道扶杖来　　希腊美女浴长空

仰看南天未来门　半天红霞半晴空

赠友

人生几回折春柳　同侪聚首话离愁
前村楼台可举目　往事历历堪回首
并飞鸿鹄击残云　共蘸热血写春秋
蕾开瑞雪狂风后　潮涌初春大江头

1983.3.7 大砚疃

春雾

看似有时有却无　道是无时无却有
桃花依稀蜂可闻　春在门外漫彳亍？

1983.8.3 大砚疃

仲春

芍药似女初怀春　　欲望还羞纱揭迟

红胭脂点白海棠　　紫丁香穿绿衣裳

竹翁尚未脱冬衣　　寻春盼春春不至

去冬寒梅默无语　　早逝迎春暗自泣

红极一时休得意　　南风卷来俱为泥

青草无意来争春　　只待知了噪声止

丛中小花为谁开　　梦寄蓝天寸心知

他日我若为花帝　　命叫春花无谢时

1984.4.30 北京（以下未注明地点者均同此）

初冬夜

星寒月儿冷　夜天深且空
问冬何所求　白雪遍寰中

1984. 11. 13

初冬黄昏

暮霭缭绕物依稀　冬云徘徊高难测
落叶控地秋梦碎　昏鸦一声寒江左

1984. 11. 29

忆春

芳气四溢绿横飞　　细风轻吟柳欲醉

春在身边浑不觉　　冬来方知春滋味

1984. 11. 29

夏之回忆

日午树无影　　唯余河流声

鲢鱼沉沙底　　知了入高梦

野草思惊雷　　农人望苍穹

1985. 1. 19

野玫

草中之野玫　　生灭无人知
孤芳独自赏　　自悲亦自喜
梦寄蒲公英　　不思高天意
派却蜜蜂去　　荒原寻知己

1985. 5. 25

游长城追忆

一

引颈长安无幽思　　身在古塞少诗情
高山之上望飞云　　菩提树下叹落英

二

寄意春蕾君可懂　暗香袭人醉我胸
春在身边不敢问　欲罢心潮总不能

1985. 5. 16

鸟啼

鸟啼无人懂　杜鹃为谁红
春风虽有意　绿草却无情

1985.12.13 济南火车站

寻梅

玉雪皑皑飞　欲寻却无梅

· 156 ·

天涯浑茫茫　寸草寄与谁？

重游水上公园

昔日粉荷何处去　故柳犹在绿叶无
浮萍消尽寒冰来　朔风声里悲枯芦

偶拾

一

天公如泣泪倾盆　乾坤合处起沉雷
一午作尽皇帝梦　三千宫女付流水

二

问君不语语无味　思绪纷如柳絮飞
天云散尽余青色　蝶舞三遭入空帏

三

横水没过芦与萍　水消萍伏芦复升
不及苍天深心处　亦可挥臂弄雄风

1986.7.4 北医三院

夜雨

莫名天公怒　银河竟横流
雨帘密密织　漫夜谁能透
古人归天去　蛙声鸣如旧

1986.8.2 大砚疃

悼崇明

惊闻大学同桌吕崇明在屯溪新安江遇难，不胜悲哀。

一

每叹人世多悲歌　哪知歌者今是我
挥手燕都话再见　泉城喜会曾相约
谁知再见成空影　初夏一别成永诀！
心中千呼与万唤　手捧遗照喉哽咽

二

遥想黄山谷深寒　他乡异土怎安眠
我欲祭君向何处　面对苍天撒纸钱

三

坟上遍生曼陀罗　未竟夙愿化青烟
满腹遗恨何处说　日日哭泣到夜半

1986. 9. 7

深秋

一朝秋风起　百花低头泣
残心寄明春　泪洒江天祭

1986. 11. 12

伤春

寒梦云烟散　腊梅独赏日已残
彩霞起林间

人花相视久　无语醉初春
南风狂舞伴我痴　忽闻悲歌音
一朝百芳尽
泪花何处寻

1987. 4. 14

登黄鹤楼

千里寻黄鹤　携侣登斯楼
龟蛇依然在　未闻清音留
鹦洲绕雾霭　晴川隐红楼
无语望天际　心潮如江流

1987.6.9 夜于 328 次列车上

品庐山云雾茶

此茶味纯真　吕祖可曾品？
久别还相思　庐山雾与云

1987.6.9 夜

闽江抒情

一

谁人抛下银丝带　欲把诗情搂满怀
两岸青山挽不住　一条蛟龙入东海

二

一江流水秀　两岸青山翠
苇旗千杆舞　唯恐人不归

三

山美如秀女　雾霞入醉眼
春梦初醒时　顾盼在江边

四

远山朦胧羞　烟霞锁江流
怪石戏浪花　疑是千帆走

1987. 6. 10 于 328 次列车上

明月

一

当空明月何时有　诗泪纵横越千秋
杨柳默默听箫声　古瑟幽幽入江流

二

沉夜伏永昼　群星拱北斗
搏浪鱼无梦　浮影逐水流

轻萤飞天去　苇头挂初秋
宁静最深处　巨雷惊宇宙

思

人花相视泪满腮　惊起双鸟飞云海
呼遍青山无人应　见君夜夜入梦来

1987.9.20 承德郊区武烈河畔

冬末

野火迹斑斑　冬草尸骨寒
古柳思青春　旧巢待来燕

浮生睡未醒　　冰雪梦已残
极目江南岸　　春意抹天边

1988. 2. 21 大砚疃

又悼崇明

一朝入冥界　　往事竟如梦
此去永不回　　无日再相逢
佳节思亡友　　吾心深深痛
故交在世者　　几人念君名？

1988. 2. 21

冬云

冬云沉沉无边哀　雪沾枝头红梅腮
他日古柳弄芳姿　春雷一声冰河开

1988.2 莒县县城

惜春

残红遍地春去早　哭吟落花暮归迟
漫天星辰都作泪　晚风哀歌动地诗

1988.4

秋风

万里长空秋风吼　漫地残叶谁人收？
春风抚吻荒原日　千年雪山泪奔流

1988. 12. 12

夏

繁华春梦终成幻　满目绿波翠
寻春不遇　问谁
海棠树下　唯余点点泪

约作于 1989 夏

时间

窗外月正明　谁人惊我梦
时间从此过　留下脚步声

1989.3.25

阳春

阳春盖白雪　万木皆可歌
春神为谁泣　花梦流成河

1989.7.3（前两句为梦中所得）

薄雾

薄雾罩黄昏　野桥静无人
远山渺茫中　夕阳何处寻

大野横长河　两岸翻绿波
初夏惹人醉　花开遍山野

野草越千年　生灭任自然
花开无人睬　花落谁人怜

1989 夏于去西安的火车上

故园

故园有明月　照我童时梦
心中路迢迢　漫夜阻归程

1990. 1. 10

古山

云雾结连理　古山伴枯木
百花艳复谢　万年无人知

1993. 11 中旬于长江上

诗梦

一夜作诗三百篇　诗波涌出梦海岸
醒来欲接缪斯住　拾得残句在床前

1995. 4. 27

草中

一

草中二三丘　道是汉家坟
无语眠永夜　横行只一瞬
佳丽纵三千　芳容何处寻
青草枯还绿　白骨已无魂

二

百世匆匆过　英雄尸骨寒
佳梦尚未醒　死神到床前

1996. 1. 30

游白鹭洲

　　游白鹭洲书院，院中宁静如许，似听见古人读书声并春风之窃窃私语。

一

白鹭洲上无白鹭　先贤飞去古楼空
书院犹在青苔漫　唯闻汩汩江流声

二

红尘落地起惊雷　先贤遗语耳边鸣

春风偷渡藏书楼　于无声处听有声

1997. 2. 22 吉安

秋愿

百花一夜去何处　唯有清风悬高枝
春红落尽心已冷　寄意明春叶绿时

1997. 10（前两句约为 1990 年所写）

咏菊

万木萧杀叶纷纷　虫歌唱罢已断魂
却看秋菊香正浓　独把情诗低头吟

1997. 10. 24

虎年致辞

残冰滴滴空洒泪　虎携春风至江北
万木枝头花如梦　诗醉人卧不能归

1997. 12. 21

晓月

晓月西沉　雄鸡嘶鸣
京都遥遥　湘水悠悠

1999. 8. 17 晨作于大砚疃

尾　诗

子其来矣

子其来矣　何物不喜
雪舞于天　鹤鸣于地

子其往矣　万籁俱寂
秋山默默　春水戚戚

2011. 3. 15

后　记

　　诗是有些神秘的，我曾经一天写好几首诗，如今却已经很多年写不出诗了。这个过程究竟是怎样发生的呢？

　　我最初写诗，并非自觉，不是因为觉得诗好才写的。我的诗，生发于让我魂牵梦绕的故乡——那个在我心中最美丽、最富有诗意的地方。那是1974年的夏天，初中毕业以后回到庄里放牛，感到前途渺茫，看不到任何希望。如果不能走出世世代代生于斯、死于斯的大砚疃，那么自己的人生就如前辈们没有什么不同，会毫无悬念地重复着他们走过的道路，因而现在就可以看到自己的未来是什么样子，前辈们的现在就是我的未来。

　　那时借来了一些书籍读，其中就有一些诗集，如《诗经》《千家诗》。后来又买到了一些现代诗人写的诗歌集子，如郭小川、梁上泉等人的诗集，还有几本长诗，如纳西族史诗。于是，在这种心情苦闷的境况中，就模仿这些诗歌，写起了诗。因而这些诗大都是记录自己当时之心境的，多有志不能得、怀才不遇的感怀，另外一些则是纯粹由美感激发出来的。那时的许多诗，是在田间地头休息时写下来的。每当劳动歇息的间隙，乡亲们都去干私活（拔草喂猪）或者闲聊时，我就一个人躲得远远的，或者看书，或者写下诗句。不知道为什么，从很小的时候起对于自然就有一种天然的美的感受，春花秋月，雷鸣电闪，都会让我感动；一阵微风吹过，几丛小草的摇曳，也会将心灵的湖水吹起波澜。收工的时候，来到池边洗掉手上的泥土，可是，当看到水面上映照着灿烂的晚霞，便不忍心去将她撕碎；看到牛蹄子将野花踩了，便不免有些忧伤。我不知道自己为什么会有这样的感受——这样的感受不是学来的，也是不可传授的；庄里的其他孩子好像没有这样的感觉，没有听说其他孩子写过诗，只听说有一位年龄略大一点的青年在放蜂的时候写了好多诗，记录了从广东到东北的整个放蜂过程中的所见、所闻、所感，据说很优美，只可惜后来被他自己烧掉了。其他与我一起劳动的人，看不出他们对于这块土地上的景物有什么赞美，他们所拥有的似乎只是忙碌，还有对于生活重负的叹息。

最初的诗，大多写在用废纸装订成的本子上，因为当时生活艰难，舍不得买新纸。当时我和好友刘纯华计划一起写一部长篇小说，大队会计严祥兴听说以后就偷偷地给我们一些新纸。我至今还保留着这些原始的诗稿。在那些五颜六色的、已经有些破烂的纸张上，留下了我歪歪扭扭的字迹。从内容上来看，当时写的诗有两种，一种是为了发表而写的，现在看来，这些诗差不多都是些口号式的句子，政治性很强，是当时政治生态的图解。那时把这些诗投寄给《山东文学》《大众日报》，却一首也没有发表过。现在的这个诗集里，也没有留下任何一首，原因很简单：这些诗毫无价值。

第二种诗不是为了发表，纯粹是对于自己内心世界的感受、痛苦、烦恼、期冀和不满的记录，在当时的境况中，有些诗是反动的，所以我把它们写在单独的本子上，谨慎地保存着，生怕被人发现，惹来祸患。现在看来，这些诗虽然显得稚嫩，但却抒发了真情实感，有一种原始的冲动、质朴和美感在里边，所以挑选了一些放在集子里，作为历史的样本。

当然，到了 1976 年 10 月"文化大革命"结束以后，就没有这种区分了，从那以后，就只写后一种类的诗了。

由于一直做着作家梦，考大学的时候本来是打算上中文系的，可是鉴于语文的分数考得很低，而历史的分数高，最终进了历史系。当时对于未来很迷茫，不知道是继续做作家梦呢，还是去当历史学家。1979年冬，入学不久的一天，我拿着在庄里写的诗给老乡王存臻看，请他鉴定是否有价值。他看后说，写得不孬，你应该继续写下去。得到这样的鼓励以后，便继续写着，每天仔细感受和倾听心灵与身体的呼唤与颤动，每有所得便记录下来。记录这些诗的本子叫《春雨诗集》，大学毕业时有五六本之多。

我不断地将诗、小说、散文寄给编辑部，却如同石沉大海，杳无音信。我邮寄这些稿件时，从来不贴邮票，因为听说投寄稿件是可以免费的，只要在贴邮票的地方写上"邮资总付"就可以了。不过，我从来没有"总付"过，因为到了二十多年后才知道这句话的真实含义。开始一直没有收到编辑部的回信，还以为他们根本没有收到这些稿件呢。直到有一天收到了来自编辑部的退稿信，这才知道他们是收到了的。看到那封有编辑手迹的信件，激动了好一阵子：他们终于看了我的文字。再到后来，编辑开始给我写回信，写明没有采纳的理由，指出文稿的缺陷。虽然没有发表，但编辑给认真看了，心里还是很兴奋的。这些建议对我的写作是很有益处的。

这本集子中只有几首诗是发表过的，最早的发表于《北师大研究生报》（1985年），还有几首发表于《山东文学》（2001年），其余均未发表过。

大学时写的一些诗当时拿给一些同学看过，如牛伟宏、王红勇、黄兆群、周兴春。多数诗歌都给王存臻和周文臣看过，他们是我最好的诗友。他们都给我提出了一些有益的建议。

这些诗都是有感而发的，是此情此景此心的产物。我写诗的这一原初发生过程，再次证明了"诗言志"这一道理。这里的"志"可以有两个方面的维度，一是志向，当人有所向往、有所追求而又不能实现之时，现实与梦想间的张力犹如绷紧的琴弦，会弹奏出诗的旋律；二是有所思慕，当对某人有所钟情而又不能为对方所响应或不能实现，或爱恋处于朦胧状态时，人的心灵便会处于诗的状态——不！确切地说，是整个人沉浸于诗的海洋里，在痛苦中陶醉着，在陶醉中痛苦着。无论是我自己的诗还是古往今来的诗，大抵不过如此。我这些诗，也大致符合这种区分。有很多的诗是写给某个人的，但奇怪的是，有些诗却从来没有发给这些诗的"主人"。

所以，所谓的"不得志"，未必就一定是因没有得到官府的赏识或重用而痛苦，依我看，最主要的还是自己的理想是否得到实现，自己的声音是否得到回应。那种没有回应的痛苦往往是令人刻骨铭心的，这样的痛苦在一颗敏感的心灵中就有可能冶炼成诗篇。

在言志诗之外，当然还可以划分出一种纯粹出于感受而引发的诗，这种感受或者是美感，或者是见景生情因而有所感怀。这本诗集中有少部分的诗便属于此类。

我总感觉，诗是属于青春的。年少的时候没有诗，年老的时候也很难有诗——如果还有的话，那就是大诗人了。他们之所以是这样的大诗人，或者是由于其命运多舛，或者是天性使然。

诗何以属于青春呢？因为，处于青春时代的人们有着最多的向往、最多的激情，自然，也有着最强烈的爱恋；在青春时期，一切都还是未定的，一切都处于变动之中，因而也有着无限想象的余地；青春时代正如自然界的春天，有着最为饱满的生命力，这生命力必定会催生出烂漫如霞的春花，这便是诗。这本诗集中的绝大部分写于 30 岁之前，40 岁以后只有一首，就是一个证明。当然，也有不少人年龄很大了依然写诗，他们要么是大家，要么就是青春未老，诗心未泯，或有志而未得。

当然，仅有青春是不够的，还需要有诗的天赋。只有那些具有此种天赋的人才能够将青春的烦恼和忧郁炼化成诗。然而，至于这天赋是怎样产生的，它又怎样冶炼出诗，我们不得而知。

这也就意味着，并非只要具备了前述条件就可以写出诗，成为诗人，因为天赋是可遇而不可求的；这同时还意味着，诗究竟是怎样写出来的，诗人究竟是怎样诞生的，从最终的意义上讲，我们是无法知道的。你即使把诗歌作法之类背得烂熟，也未必会成为诗人。诗人不是培育出来的。

年老后之所以写不出诗，则是与前述相反的原因导致的。生命力逐渐减退；随着年龄的增长、生命的展开，大多数愿望得到实现，于是乎已经没有什么"志"可言了。

志不能得何以会结出诗的果实呢？是因为在这

"不能得"里有痛苦生成。这痛苦如同燧石一样，敲打着诗人的心灵和感官，迸发出耀眼的火花，这火花在一颗诗性的灵魂里便燃烧成诗篇。这就是通常所谓的"痛苦出诗人"的缘由。

然而需要申明的是，并非所有的痛苦都会蜕变为诗句，也并非只要具备了上述所有的条件就可以成为诗人。人世间有太多的痛苦，却没有太多的诗句。究竟什么样的痛苦可以变而为诗，什么样的条件下可以诞生出诗人，是找不到逻辑的，我们也只能是大概而谈之。就我个人的经验而言，诗仿佛是自己蹦出来的。当处于某种心境的时候，万物皆可为诗，这时你的眼好像就是诗眼，你的心便是诗心。一只鸟儿飞过，便怦然心动，动而为诗；路过初春的田野，刚刚泛绿的麦田映入眼帘，那一垄垄的麦苗顷刻间变成了一行行的诗句，跃上心头……这时，好像有某种东西在牵引着你，似乎是诗在呼唤着你去写，而不是你去写诗。对于那些召唤出这些诗篇的人、景、物，我怀着深深的感激。

当然，诗是相当个人化的东西，每个诗人对于诗的理解和感受差异是很大的；相关地，对于诗的评判，也因不同的视角而相去甚远。对于诗人来说，他的诗是他存在的一部分，甚至是最重要的部分，免不了敝帚自珍；至于这些诗对于其他人的意义，那就取决于他们的理解和感受了。

最后，需要说明的是，在山东写的诗有个别不押韵的现象，那是由于当时不会普通话所致，按方言的发音是押韵的，如"脚"，方言为 jue，"羞"方言读为 xiao，等等。

2014 年 11 月 1 日初稿，11 月 16 日修改
于利玛窦的故乡意大利马切拉塔
2015 年 7 月 31 日再次修改于北京